有一天，老爸成了小孩

彭婷/著

江苏凤凰文艺出版社
JIANGSU PHOENIX LITERATURE AND ART PUBLISHING, LTD

序 言

读朱自清《背影》的那一年，还不懂得“蹒跚”二字的含义，只有那个肥胖而略显笨拙却又满怀爱意的背影烙印在心底；后来看龙应台的《目送》才顿悟，所谓父母与孩子，不过一场目送的轮回。

他用坚强的身躯为你挡风遮雨陪你长大，目送你朝着自己的生活前行，深深浅浅的脚印中，跌跌撞撞地与他的世界渐行渐远；而你，也不过是在他未来或许不太康健的岁月中，看他日渐佝偻而不利索的背影，一点一点地蹒跚着消失在生活的光影里。

年岁的增长，越发让我笃定每一个父亲都用自己的生命写下了一部史诗，不管是不是宏篇巨制。所以在李健翻唱《父亲写的散文诗》时，才会有那么多人对着屏幕落泪。

父亲其实陪伴我的时间并不长，从记事起的大多数时间里，甚至高中毕业前的十几年，我都是在教书的伯父家中度过。所以对我而言，伯父才是那个真真切切的父亲式存在：督促我读书，教育我为人，或者在每一个犯错的瞬间纠正我，或者在每一个收获的季节分享喜悦，甚至遇事的每一次，他才是我第一个想要打电话通知的人。

可是，父亲仍然是父亲，是那个为了我二十年都不肯再成婚的人，是那个数十年为了我一直在外打工的人，是为了争取多打几年工会把身份证改小好几岁的人，是那个存了一辈子愧疚却用行动不停弥补的人，是那个与我真真切切血脉相通的人。

很久以前就有用文字记录父亲的想法，事实上，一直以来，不善语言表达的他，也曾用文字向我传达了无数生活技能和为人处事的道理。

比如说小学时，因为上夜班而留在桌上的字条，那上面记录的是家常菜的简单做法以及深夜独处的注意事项。每一次出门前他都会和周边邻居再三沟通安排妥当，也会在字条上着重反复强调，并表达自己的歉意。父亲向来写得一手好字，不知道是否因为爷爷当年是教书先生的缘故。

后来再大一些，会偷偷翻看他藏在抽屉深处的日记，那行被反复书写的“一失足成千古恨”，是他用一生也再换不回的歉意，亦是我原谅他的开端。

而懒散成性的我，一直拖沓不曾下笔。如今这算起来扎扎实实的两百多个日夜，无数回忆涌在心头，每一个画面都想要铭记。

看着身边这个从昏迷到日趋健康的老小孩，我终于鼓起勇气提起了笔，只为在余生的记忆力消退前，留下些于他人微不足道，于自己刻骨铭心的回忆。

目录

CONTENTS

CONTENTS

CONTENTS

CONTENTS

第一章

互怼的日常

6 月 2 日。

“老彭，你女儿每天都会给你做好吃的对不对？”我舀起最后一勺饭往他嘴里送，满足地看着他吃完，忍不住问。

“一般都不太好吃。”老彭很认真地作答。真真是个耿直 Boy，十分平淡却带着满是嫌弃的口吻，除了他，如今也没有谁会这样打击我了。

对了，郑重的介绍一下：老彭是我爹，亲爹。

我脸上被笑意挤出的褶子一瞬间被熨平，迅速假装换上一副生气的面孔，携一丝丝威胁的语气：“老彭，你今天没晚饭吃了哈！”

老彭却是一点也不怕的样子，咧着已经有些歪的嘴呵呵一笑，一口标准的洞庭湖普通话：“怎么能这样咧，肯定不行啵！”顺带着还朝我翻了个白眼，似乎懒得再搭理我，扯掉下巴底下围着的毛巾，自顾自地挣扎了半天，终于借着桌子稳固的支撑力站了起来，转身往他的根据地——沙发方向拖着小碎步地挪。

我边收碗边回想刚才的那一幕，觉得又好笑又好气，满脑子黑人问号脸：“我的厨艺真的有这么差？！”

这样每天俩人斗斗嘴的戏码不厌其烦地上演几个月了。生病的父亲总是看着像个老小孩，脾气来得快，得细细地哄。但偶尔又得给生活加点乐子，才能让这时光看起来不那么枯躁或者漫长。明显的，老彭怼我的技能正日渐升级。

这老头，我都快斗不过他了。

沿着厨房的流水声，排风扇里透进几丝夏日突袭的凉气，又开始下雨了。雨滴啪嗒啪嗒敲在窗玻璃上，一下一下，节奏感带得人的思绪飞出去老远。

只有恍惚间才会惊觉，竟然已经整整半年了；距离那场突变，真的过去了半年。

第二章

烟雾病

1、晴日惊雷

12月2日。

那天上午，还在上班的我，手机突然执拗地被挂断后又一次次响起。终于按下接听键，声音却蹦得有些突兀："你父亲突然头痛呕吐被送到医院去了！"

"严重吗？"

"不太清楚，但是医院派了救护车来接的。"

"哦，我知道了，把医院地址发我手机上吧，谢谢了。"挂下电话小跑着请了假，想着应该不过是个重感冒罢了，但还是以最快的速度抵达了医院。

回想起来，那天的天气已丝毫没有印象。

急诊室里父亲的上衣已经被剪开，微张着的嘴没什么血色，双眼紧闭。情况似乎并不是我想的那般。有医生正叫着父亲的名字召唤家属，我的心毫无征兆地开始猛跳。

“你是病人的家属？”

“我是他女儿。”

大概是我看起来不太靠谱的样子，“你们家其他人呢？”医生巴巴地看着我。

“我们家户口本上只有两个人，都到齐了。”我故作轻松地笑了一下。

“那好，你听我说，初步检查结果显示，你父亲是脑溢血昏迷，而且预计有烟雾病的可能性……”我有些蒙，窃窃地犹豫了两秒。

“医生，这病，很严重吗？”我揪着心底最后一根稻草，满怀期待地盯着眼前的白褂大叔。眼底擒着的泪似乎已经快扛不住，意欲夺眶而出。

“就你父亲目前情况来看，必须立马安排手术，才会有一些生还的可能。”说着，推出几张纸让我抓紧时间签字。仿佛晴天突然迸出的一记炸雷，刚好散在头顶，耳朵边回荡起嗡嗡的响声，眼泪不自觉地就开始掉。

“对了，你赶紧通知家里人，要准备钱，大概前期需要十几二十万。”

“多少？”眼泪停顿了几秒，我有点怀疑自己的听力。

“十几二十万。快去准备吧，我们要去准备你父亲的手术了。”医生的语气倒是平静得没有一丝波澜，仿佛叙述着一件再平常不过的事情。

2、所谓平静，所谓紧张

现在再回过头来看，那会儿的自己多少还是有些失态了。眼泪像是洞庭湖里泄洪的闸门开了就没法立刻关。后来的程序麻木却重复，一个一个的电话拨出去，一张嘴就哽咽到说不清话，甚至有些变声到让人以为接到了诈骗电话，立马发微信过来求验证。

也是几天后才反应过来，电视剧里那些干净豪华的医院并不是全国的标配，那些在手术室门口歇斯底里的哭喊也并不是唯一的表现形式。每个将病人送进手术室的家属，都小心翼翼地站在那里憋着哭，害怕影响身边亲人的情绪，也生怕引起的声响会覆盖住狭小空间里护士的叫号声。

而于我，事实上，在那个节点，真的没有力气叫喊或者嘶吼，只能尽量平静地扯着一张张面巾纸无声地擦掉鼻涕眼泪继续拨电话，通知家里人、借钱。毕竟，要面对的事情那么多，要处理的事情那么多，要签的《知情书》《手术同意书》等等还有那么多。所以，必须冷静。

于是，当《病危通知书》递过来时，尽管手指关节都在跟着抖，也还是以最快的速度扫完并签了字，因为，与死神赛跑的每一秒钟都在这一刻显得弥足珍贵。当然，有一点还是可以给电视剧情作证的：那时的人的确不会感到饿，甚至完全没食欲，哪怕当时你在我面前端着我最爱的火锅涮得香气四溢。

三四个小时的等待并不算太过漫长，却煎熬到快没了主张。一次次看着手术室的大门被推开，推进去或者推出来都是一群人蜂拥着，每一张家属的脸庞都挂着些许疲惫的残泪，每一个病患都缠着厚实却被血渗红的纱布，触目惊心。等父亲出来那一刻，心底似乎是舒了一口气，神经却立马紧绷到警备状态。满满的纱布同样缠绕在父亲头上，两侧延伸出来的两根胶管里有血液在缓慢的流动。

那样的光景里，好像除了掉眼泪，已经找不到更好的面部表情。

三楼到六楼，一段搭乘电梯和做 CT 的相处时间过后，父亲被推进了 ICU。徐徐合上的隔离门，一下子隔开了两个沉重的世界。

一切，开始变得未知。

第三章

老彭的散文诗

入院的第三天，有人打电话委婉地劝我放弃，因为这场病的后续，可能并不会很理想，尽管我还年轻，但这场拉锯战看起来注定持久，而我，似乎注定会力不从心。

所以，他“好心地”希望我在“亲情”和“理性”之间做好权衡与抉择。

说实话，那时的我内心是完全迷茫的，不是那种青春期的无病呻吟，而是真的不知道所谓的方向。我们总在大事发生前，信誓旦旦地说着自己会怎样，可当事情真的砸到头上，大多数时候我们的反应也不过是六神无主的真实写照。

看客大多理性，大多拎得清，能站在旁观者的角度给出最值当的建议。可任他人再理性，父亲依然是我独一无二的父亲，是二十几年如一日的把我摆在心尖上的人，是我生命里最重要的人，我们甚至彼此互为对方当下的唯一。

我要拿什么理由说服自己对着重症监护室里仍然昏迷不醒的人说放弃？

我不知道，我也做不到。

当初饱受困苦的父亲跟我提及的最大心愿就是能长命百岁，我知道，他对这世界还有太多未知和好奇。更何况这些年承受了这么多都挺过来了，那这一次，又算得了什么呢？

当然，夜半静谧时也会很挫败地想：是否我是父亲命里注定的劫。似乎这辈子因为我的出现和存在，他就没正儿八经过多少属于自己的好日子，还被连累着一次次地陷入困境里。

入院那晚睡不着，爬起来翻看自己五年前写的东西，边看边哭。你的故事从有我开始，似乎就一直充满了磨难。

“生日快乐，这世界上我最爱的男人。

很抱歉这一次还是不能陪在你身旁给你过生日。上一次陪你过生日似乎是初二那年的事了吧。这些年，每一次都只是也只能从一个遥远的地方打一个祝福的电话，嘱咐你要去吃顿好的，一如我生日时你的嘱托。在很长一段时间里，也只有我记得给你最及时的祝福，虽然如此遥远。

不过，感恩上苍，去年、今年，也许未来的每一年，都有了阿姨惦记着你一起过。一不小心，再过几年就该为你庆贺五十大寿了。我心中永远帅气的男人，你笑着说不得不承认自己正在成为一个老男人。

小时候写作文，不管是涉及亲情的什么话题，从不将你作为歌颂的素材。也许是爱多到难以用言语描述。又也许，我只是自私地不愿与任何人分享你的爱。

最初的记忆，是那条永远飘着咸鱼腥味的旧街道，那里有我们最初的家，曾经三个人在一起还有奶奶陪伴的旧时光。很甜蜜吗？说实话，我不太记得了。只有后院那片小小的菜地、邻居家的好姐妹以及奶奶永远温暖的怀抱刻在记忆里。

曾经，总有个场景一次次闯入梦里：夜色，月光，湖水，渔船，船头偶尔撑杆的你和船舱里的妈妈与我。凌晨微亮的氤氲水汽里，一排排随风摇荡的芦苇丛。那是很多年很多年前的事了，是不是？那是去往外婆家吧？这一生唯一一次在水上漂了整整一夜，我们仨一起。

后来，某一个春末夏初的中午，一场歇斯底里爆发的战役，傍晚回家时独自落寞黯然坐在屋前的你，从此只有我的你。现在再回想起来，那个神色多么让人心疼的你。

你一直都是尊重我的，给我最大的知情权。所以才有那张递到我面前念给我听的离婚协议。不明白她为何突然反悔。你只是愧疚地问我，是否愿意跟随你。我竟然不哭不闹，只是平静地点头应允，一如牧师面前神圣许诺的郑重其事。上辈子的情人，从此我便只有你。

然后是搬家，到那个小镇的边缘。我学着每天带着一小盒生米和五毛钱跟邻居走长长的路去上学，也学着煮好饭等你带着一身疲惫的回来。那时候的我到底还只是个玩性大的孩子，偶尔被嘲笑，也还是每天出门玩到不归家，把米放好等到糊焦味蔓延好远才知道万分焦急的往家跑。煮糊了的米饭里插上葱除味的小招数就是那时候学会的吧。

等你回来，满屋子的糊味衬托墙角那个可怜兮兮的我，却只能失望地摇头，心疼又无奈。那时候还不懂得浪费一锅米饭的意义，只知道只有生病了才能被满足吃一碗康师傅的奢侈愿望。不知道命运之神为何一点都不心疼已经如此艰难的你。

突如其来的事故再一次打破我们刚稳定一点点的生活。只记得那天等了好久好久，直到饿着肚子睡着，你也没有赶回来做晚饭。

晚上十点多被一阵敲门声惊醒，惺忪着双眼嗫哆地在门后迟疑了好久才敢开门，并不是你。伯父伯母一进门就命令我收拾好自己的行李。

那是第一次看小镇灯光闪亮如白昼的夜景。多年以后回想起来，也只记得即使被夹在中间还是挡不住的冷风一丛丛的灌进衣领。那也是第一次走进医院，那个我一辈子都嫌弃到极点的地方。

记得病床上那个浑身绑满绷带声音微弱的你，和你的眼泪。是太多突如其来的意外冲击吧，我只是木愣愣地看着你，不住点头。然后默默地跟着伯父伯母离开，穿梭在颠簸的公路上，夜色凉进心底。

那会儿的我哪里知道，从五楼摔下来会有多痛，而躺在病床上摔断肋骨的你看着不知所措的我，心里有多急。

我终于不再需要转学，开始一种另类的安定。那一年的八月是你为我过的上一个生日。坐在竹椅上，还绑着绷带挂着胳膊的你，为我带来一套黄灿灿的新衣，是我们曾经一起穿过街道时我无数次回头流连的那件，上面印着我当时最迷恋的紫薇与小燕子。那时候是真的小真的不懂事吧，只顾着自己欢喜，竟不曾问过你是否会觉得疼。

忘了你是什么时候再一次离开，然后几近消失在我的世界里。直到某天你终于露面，带着陌生的她。那个你说三十不到的女人，短发、粗声线。

第一面她就管伯父伯母叫哥嫂了，这让我很不爽。我是有多不喜欢她呢？不知道。但我知道她三天两头就会向你告状我的种种不听话，而你你反过身来训我，再失望地转身离去，丢下抹不干眼泪的我默默擦着鼻涕。

后来的将近两年时间，每个周末我都带着1块钱坐车去找你。然后是那个叛逆臭脾气到让人头疼的暑假，不到一半的时间我就被送上车一个人返回来。那时候的想法，就是未来某天我要往她家扔颗炸弹。

后来，你来看我，留下一双我觊觎良久的凉鞋，我爱的紫色，上面镶着一大串塑料葡萄。从此我就害怕收到你送的任何我爱的礼物，因为那都意味着你又一次长久的消失。只是，很久以后的我才知道，你本想给我一个相对完整的家庭，却不曾想我的反应会如此激烈。于是，你选择了放弃，放弃本可以拥有的幸福，放弃圆满，放弃自己满意的爱人，只是因为，幼稚的我不愿意。

再一次见面，是姐姐带着我找到工地，那个你曾经从未完工的五楼掉下来的地方。我平静地看着你们争执了好久，无非是钱的问题。然后我又可以每个周末见到你。某个周五傍晚，我才进门，你指着桌上仍旧冒着热气的饭菜，告诉我你要去上晚班，私人冰棒厂，19:30—7:30。那么清晰地记得，大夏天，昏黄灯光下穿着长雨靴的你坐在墙檐下说着说着就抹泪了。那是第二次见到你哭。右手拭泪时很显眼地看到缺了一截的大拇指，那是某份工作时莫名的意外。你说："无论我怎么辛苦，但你一定要争气。"我就那样端着那碗饭吃到哽咽。

我想，这就是相依为命了。从此我学会了给你洗大件的衣服，学会了每天早上去菜市场讨价还价，学会每天做好饭菜等你中午睡好了起来，学会精打细算维持一个二人之家。那是父女俩感情最好的时候吧。

每个周五傍晚开门都能在桌上看到你出门前留的字条，很好看的字，一些简单的叮嘱，或者某道菜的做法。只是现在会后悔当初看完就扔掉的坏毛病，如此珍贵的回忆证据。你会偶尔从冰棒厂里为我带回一碗冰红豆，却时常禁止我去买冰棒吃。教会了我用最懒最省时也最实惠的方法做茄子煲。但是你又开始抽烟，大半夜不睡在那里研究六合彩。偶尔我也会用自己所学的那丁点知识为你解开一些谜团。那也是我迄今唯一一段能将十二生肖按顺序说清的日子。

偶然某次清理抽屉，不小心翻开角落里那个小本子，是你的日记。一遍遍重笔的“一失足成千古恨”让我终于明白你一直一个人默默后悔那段被你掐断的与妈妈的感情。想起我陪你坐五个小时的船去外婆家接她回家，想起那个凶恶的外公把我们连礼物一起轰出来，想起我用蹩脚的普通话问姐姐哪里有能住的旅店，想起你在那个小饭店里问我有什么办法能把妈妈留下来。你不舍，你后悔，你怀念，但不珍惜的一旦失去就再回不来。

初二的某个下午体育课，你来找我，被同学当作另一个人的父亲。你说行李已经帮我清好送到伯父伯母家，你说你已经买好晚上出发的火车票。你说着说着又哽咽起来。我们又要离别，而且，这一次，一别好多年。

我从不过问你具体在哪个位置，在做什么，过得好不好，只是从伯母不止的唠叨嫌弃里获知零星。一周一次你打回的电话这头我从来只嗯嗯啊啊，从不发问。

直到有一天，有人告诉伯父伯母，你某天早上蹲在餐馆外面洗菜时被一块突然倒下的广告牌砸伤，又是住院。那一刻开始，我才发现我是个不孝的孩子。还好，命运的磨难虽然一次次地缠上你，但又一次次将你放开。第一次是雨天预警器般疼痛的手腕，第二次是一截大拇指，这一次，不再生头发的头顶某一区。

离开岳阳的这些年里，你只回来过一次。因为刚好那天同学忘记带手机，找不到我的你在楼下站了一节课多。见到你的第一句话“你怎么这么矮？”，其实那时候我已经长高。后来也会想，如果那天不是有同学刚好硬拉着我下楼买零食，你要等多久才能找到我？短暂到用一只手就能数清的几天，其实你只是为了办身份证不得已才回来，那个时候脾气已经坏到一个境界的我被你训了好多次。

我始终无法懂得因为我的不争气不努力换来的高三毕业和高四那一年，你陪着我承受了多少压力。所幸现在的我已经披着大学生的身份，尽管，并不引人注目。

这两年陪你度过的寒假，虽然与别家的热闹相比有些凄清，但在我心里，只有你在的地方才有真正属于家的温暖。无论是你早早为我特意储备的剁辣椒还是接我送我时被你坚持扛起的行李箱，或者一次次从菜碗里为我夹起的肉。这么多年，从不用言语表达爱的你，我学会了从生活的细节去读懂领会。

回忆那么长，二十一年。厚重到即使写了这么多却还是觉得不够。再怎样精良的文字也写不出我的爱，你的爱。就好像在这回忆的过程里我一次次泪湿的眼。

真好，现在的你终于肯接受让阿姨陪在身旁，虽然还有很多不可知的不确定。我祈祷再过两年，你可以安心地开始全心经营属于你们俩的生活，你已为我漂泊太多年。

这世界我最爱的男人，这世界唯一一个一拿到新手机就将主界面换成我的照片的人，此生最大的心愿，唯你安好此后余生。不再有任何磨难，以你向往的方式过好你未来的生活。

我知道，无论世事如何变幻，你始终是这世上我最爱的人，没有之一。

爸爸，女儿始终爱你。

2012"

五年前的文字或许幼稚，感情却始终真挚。

可是你知道吗？对我来说，最幸运的事一直都是：我的父亲，是你！

时间若水，一流过去，就是五年。这辗转的五年啊，在我的畅想里，生活应该只会越来越好才对，可是老天爷还是那么爱开玩笑。我一直以为，我高中毕业你就会找个合适的人结婚，可你没有，你说，我得保证你大学期间衣食无忧。后来我想，等我大学毕业了，我可以工作赚钱了，你总可以跟阿姨结婚了吧？可你没有，你说，我得再努力几年，争取在你出嫁那天保证嫁妆多给你一点，所以恢复了单身。

就这样，等几年，再等几年，等来等去，一等，就是将近二十年。

也许老天爷都已经习惯你硬撑的样子，忘了你其实也是个会脆弱的男人。常年的工作，让你的身体早已饱受摧残，可你却总要为了省几十块的医药钱不肯多做检查。

所以，当我真真切切地以你女儿的身份坐在ICU门口，有人却来劝我放弃时，我的胸中顿时燃起了一团怒气。如有千万字句梗在喉头，也还是没有说出口。

不想争辩，也无需争辩，这么多年风风雨雨熬过来的你，我懂得就行。

第四章

走廊的十七天

1、走廊的意义

12 月 5 日。

生平第一次在一个医院待上这么长的时间，而且还是走廊。

因为 24 小时不能缺人，每天只能盘踞着六楼的一小块地方，生活唯一变化的轨迹是：白天坐着，晚上躺着。连外面是晴是雨也毫不在乎。

医生是个难以捉摸的群体。最开始他们总会把情况往最坏的方向说，说得让你找不到这个世界的支撑点；然后又一点一点的给你分析情况会往什么样的好方向走，让你一点点放松警惕。

每天坐在 ICU 外的走廊里，定格又两眼空洞的样子，会看起来像个呆子。

于是开始观察这里每天菜市场一样来来回回的人群：其实每一个呆了三天以上的病人家属，脸上的表情大多淡然而麻木；只有第一天来的人，才会在脸上时刻写满悲伤和惊恐，或者放声痛哭。

入院的前三个夜晚，第一次经历那样壮观的走廊两排铺的情景，每个晚上总要醒来很多次。倒不是认床，是不安，是自责，也是心慌。六楼的两端，一边是 ICU，一边是 CT 室，每一个重症病人都要经历来回的过程。比如说，术后拍片完才能送进 ICU 留观，或者病情反复就得推出来拍片核查。

很自然的，半夜会有人突然被推出来，或者突然送进去，留下一阵忙乱与喧哗。2:35，3:27，5:03，迷迷糊糊地摸起手机看看时间还早，侧耳确认一下护士站并不是在叫自己家人的号，再翻身重新睡去。

每天在医院，其实最害怕的是被叫号。“116 号”“105 号”“某某某家属”，只要这声音想起，必然是医生或者护士有什么要紧急交代的事情；或者是要做个检查；也有可能，是要抢救。静谧夜色中响起的每一个数字都会瞬间揪起所有人的心，悬在那里，飘来荡去。

幸运的是，父亲很争气，情况一直很稳定，也从不在半夜来点突然袭击。大概是知道病房外蹲守着的只有我一个人，怕我推不动车子。

生病也是一个会让亲情瞬间被最大限度聚拢的事情。伯父在接到电话的一瞬间就已经泪流满面，毕竟，这是他最小的弟弟。家族群里每天跳动着无数条信息询问情况，每一个人都为这突如其来的消息感到震惊和心疼。那种清晰地知道有很多人站在你身后为你鼓劲的感觉其实很暖心。

2、如梦的十七天

在走廊住的日子，比想象中长，又比意料中短。

17 天。

每一天都变化万千，每一天都深刻于心。

12 月 2 日，第一天。

慌乱中签下了不少需要写“同意”和名字的知情书和病危通知，医生说的每一个字，都可能触发泪腺到不可收拾，我尽可能地不让自己哭出声来，保持着最后的理智。

出门太急，大老远赶来的朋友在傍晚抵达，帮忙把一切事宜相对安排妥贴，换我麻木不安地守在重症室门口的护士台那里。一整天没有食欲，喝了一瓶水就足够维持体力。

放折叠床的过程还不小心起了些争执，走廊的长度毕竟有限，每个人都想占据最有利的位置，初来乍到的人到底还是摸不清医院这个小江湖里独有的规矩。感觉不到累，一整晚几乎无法入睡，走廊里的灯亮得刺眼，分不清窗外的白天黑夜，只能一次次看着手机屏幕上的时间，终于，等到六点一阵骚动后所有人都收拾妥帖把床叠起，虚惊。

那会儿除了蒙头哭，不知道还有什么事情能看起来有意义。伯伯在床头端坐了一夜，一再劝我休息，因为，之后不会有人来替我换班。

12 月 3 日，第二天。

周六，伯父等了一上午也没有见到主治大夫，问不到清晰的病情。家族群里已经炸开了锅，每个人都在嘘叹。后来堂弟说，半上午迷迷糊糊接到电话，一句话就突然清醒，眼泪也跟着往下掉，这是否就是亲情里最直接的反应？伯父再三嘱托后启程回家了，学校里还有课程要继续，筹钱也得先把人聚到一起。

下午医生才露面，再次确认医疗卡信息，提醒尽快缴费的事情。手术后，病情暂时没有太大危机，趋于稳定。未来会出现三个关卡，不完全可控，只能靠医生和老彭合力破解。

无所事事的一天，心情已经逐渐平复，拿着手机偶尔回复家人的问询，不敢下楼吃饭，不敢坐到走廊靠后的位置。

辗转的半夜很认真地在想，只要他能好起来，我愿意用终身不嫁来换。

或许你也能明白，终有一日，你终其所有，不过是想换他余生安康。

12 月 4 日，第三天。

堂弟和堂哥连夜赶了过来，三个人也只能陪我坐在走廊里傻等，洗手间还得走进他人病房里怯生生地借用。

下午医生通知可以进流食，那个长期晃荡在电梯口找生意的阿姨反而找不到了。突然的要求完全摸不着边际，我把最简单的清粥和牛奶准备了三四份，却发现一天其实要八餐。后来才摸索到，汤水牛奶其实讲究营养均衡的合理搭配。

晚上堂弟劝我去宾馆好好休息，我却倔强地不想离开走廊半步。强烈的使命感附身后，我已经没办法让自己在其他地方安睡。

12 月 5 日，第四天。

口袋里所剩无几，住院卡上负数迅速递增，朋友催促我抓紧时间开一个轻松筹的渠道，筹集更多的爱心。

休整一夜的堂兄弟们终于等到父亲推出来做 CT，完全昏迷。我只能傻呆呆地看着，没有一点相认的力气。脑袋上两根“天线”里引流的血已经疏导出来了很多，血管也通畅了一些。

傍晚，有人迁到了普通病房，腾出来的位置，护士们合力把父亲换了上去。是一张明显更宽松的病床，可以每天有一分钟的电子屏探视时间，睡起来也会更舒服一点。但是模糊的电子屏里，看着实在有点像个假爸爸，因为落后的显示屏分辨率低到啥也看不清。

堂兄弟留下一些现金后回去上班了，毕竟，此时除了多赚些钱，似乎没有更好的办法。热闹后回归平静的我，开始着力修改筹款的文章。

12 月 6 日，第五天。

攒足了勇气才点击了轻松筹的发送按钮，甚至是友人转发完我才真正自己转发把消息公之于众。我看着那个不断弹出新消息的屏幕，又紧张又心虚。一别多年，再次互通消息，竟然是这样一件事。

意外而忐忑地迎接上四面八方涌来的关心。人最脆弱的时候，其实不是灾难来临的那一刻，而是等你心情平复后迎面汹涌而至的关怀与问询，就像刚种下的苗又被重新拔起，突然就疼得只剩下了眼泪。一整个晚上几乎不敢放下手机，那一阵阵弹满的问候和帮助，夹杂着巨大的感动。我甚至词穷到不知该如何回复，只能认真而笃定地重复着每一句“谢谢”。

“谢谢”是平常生活里最常用的词，可能是下车时关门的瞬间，可能是快递签收后接过商品的时刻，也可能是超市找零的间隙，你会下意识脱口而出的词汇。但这个信息爆炸式传播的夜晚，我思考良久，也只想到用这两个字对每个人表达所有的感激。我甚至在文尾许诺日后广行善事，来回报今日的恩情。

父亲很给力，情况一直特别稳定，可以通过胃管注射一些流食。每一个被拿出来空荡荡的杯子就是胜利的信息，每一个没有消息的时间点都是最好的消息。而我，也终于能稳下心神，真正冷静地把状态调整到最佳。

医生嘱咐过的术后三关中，第一关（3-5 天内可能出现的再出血情况），也终于算是平稳地渡过了。

12 月 7 日，第六天。

一大早起来，一起住了好几天的病人家属突然开始跪在 ICU 门口痛哭。我远远地听到哭声，以为是有新病人被送进来了，一时也没多在意。洗漱完去送第一餐的杯子，看到重症门口齐刷刷跪着的一排人，那一刻，心里是真的有些慌。那个反反复复的年轻生命，终究还是为自己的冲动付出了巨大的代价。

心神不宁的一整天，亲友们的信息转发刷了朋友圈满屏。

以前总以为自己只是不受欢迎的局外那一个，却不知道每一个人都那么用心。甚至是十几年来几乎失联的小学同学，不知道从何处突然冒出来迎面就是巨大的鼓励。看着同学群里每一条跳动的信息都是关于如何竭尽全力的帮助我，突然觉察，其实自己一直都是这世界最幸福的孩子。

12 月 8 日，第七天。

从来爱干净的父亲胡子拉碴地被推出来做检查时，我都快不敢认眼前的人。走廊里的家属们合力帮着抬上抬下放到检查台上，而我站在旁边却连喊一声“爸爸”的勇气都没有，生怕会惊扰了他，怕他情绪波动。

当然，很久之后的我才彻底弄明白，那会儿的他并不像电视剧里过两天就能生龙活虎，大脑的创伤让他在未来很长的时间里，都不再记得我是谁。

万幸的是，情况很稳定。我也第一次下楼去了趟食堂。

12月9日，第八天。

重症门外的病人家属待久了，每天看着来来往往进进出出的人群，多少有些麻木，但心里又往往相当脆弱。可能前一秒还在笑着跟主治医师打招呼，下一秒就被医生三言两语吓得眼泪噼里啪啦地流。

那时的你才能懂得，有时候，能活着，就已经是一件很美好的事情。

我看着走道里越来越多的陌生人，忍不住走向那些看起来茫然无措的家属。也许只是告诉他租赁折叠床的登记处在哪里，也许只是告诉他接下来该准备些什么东西，也许只是在被医生吓哭的家属背上轻拍以示安慰，也许只是向同样想筹集资金的人解答某个应用的使用方法，又或许，只是在某个家属需要的时刻，坐在旁边当个安静的倾听者。

我深知一个人突然走进这医院的恐惧与彷徨，也明了他们初来乍到的迷茫。护士的精力到底有限，医生更是长期驻扎在手术台上看不到人影。不过是些力所能及的小事，也只有我们这些刚走过最艰难时刻的家属，因为有着类似的感同身受，才能直达重点地给他们最简洁精要的解答。

一转眼间，我已经是这走廊里有些经验的过来人了。

12 月 11 日，第十天。

这两天眼看着好些病人出院，一起在走廊住了八九天的大姐也终于盼到老公从 ICU 里迁到了普通病房，好生羡慕。

父亲却仍处在昏迷，更要命的是，肺部感染变得很严重，甚至开始影响到肝部等身体其他机能。副主任的话说得让人的心头跟着一阵阵地紧，有些微地慌。每天往家人群里远距离传送的都是一些过滤后的好消息，毕竟隔着那么远的距离，就算告知，也不过是徒增担忧。

有时候会觉得很无助，可转身看看隔壁那个一直在坚持护理着他父亲的小男孩，又觉得自己太过矫情。其实每天没心没肺地大笑也挺好，至少快乐起来，时间会过得更快。

当然，最让人高兴的是，有可爱的小姐姐开始手把手教我看检查报告，至少每天可以清楚的知道父亲身体的机能呈现什么趋势的发展，又该往哪方面添加营养。朋友偶尔送来的鱼汤需要蹲在地上挑半个小时鱼翅才敢拿去榨汁给老彭用。

最出乎意外的是，那个在京东刚买几天就损坏的榨汁机，竟然被上门取件直接换了个新的。这事儿倒是吸引了不少家属的注意。我算是无形中打广告了吧？

12月12日，第十一天。

今天刷到某女明星的微博，吐槽医院急诊的遭遇。其实对于她所经历的，并不了解，也不宜置评。倒是想起近来和几个病人家属时常在一起探讨的医生和护士们了。

父亲的主治医师姓郝，年龄不大，估摸着也就三十不到或者刚出头的年纪。其实第一天急诊在抢救室给我讲解病情要我签字的医生，我怎么也想不起来是哪个了，毕竟当时脑子飞速运转时想的事情太多。只记得上楼送进重症时，其实是手术的主刀医生在跟我交待清楚情况后，才正式移交到郝医生手上来。

这神经外科平日里都在露面的医生，大多看起来还算年轻，只有在每周前两天才会有四十岁以上的科室主任们身后跟着全科室的医生们浩浩荡荡来巡房。郝医生和隔壁小姐姐父亲的主治医师罗医生，都属于年轻拨的。

一开始，这几个大男人每天说的东西总让你不自觉的把心悬到嗓子眼里。女人嘛，泪腺又总是发达，所以被叫去办公室的，总会红着双眼再走出来。第一个周末，是入院第二天，摸不清情况，等到九十点还没见着医生，心里不免有些急了，打电话过去说是十点半才能到，我们多少有点怨言。后来才知道，周末并不是每个医生都需要守着的。

到后来，医生看每天都是我一个人在这里，一个人签名，一个人准备吃的，喊号时，反倒直接就叫我的名字了。每天一招手就去办公室小交代几句，也不把话说得多克制，尽是往最坏的方向分析。那时的我情绪已经调整了很多，三番五次出入的办公室也早已当作寻常。有一次看我笑眯眯的走进去，一脸严肃的看着我：“你心情还蛮不错啊？你爸爸情况很严重你知不知道？”一下子就把我甩到了冰窖里。尔后，又往好的方向给我稍微分析，劝我不用太担心。也不拍着胸脯说大话，只是真挚地承诺：医术能解决的问题，他都会尽力。

其实从进住院大楼签第一张纸开始，就没有半点怀疑过这个医院的人，因为始终相信，冥冥中既然把命数交到了这里，就会有属于它的回应。

前两日和旁边大姐聊起，说郝医生头发长得可以扎小辫了，我转身嘻笑着跟他说，劝他抽时间去理个发，他倒只淡淡笑了一下，“没时间”。今天才想明白其中缘由。昨天的值班表上，他是主班，一整天整晚的都在院里呆着。本想着今天应该是看不到他的，却发现值完大夜的早上，给父亲做了几个常规检查后又做了个常规的腰穿手术，还重新迁了床；下午又在手术室里忙活了一下午；到傍晚看他还戴着防菌帽急匆匆几个来回拿着几张纸又下楼去了，黑眼圈厚厚的一层堆在眼下，这才觉得有些惭愧了。

不清楚其他科室的情况，但是脑外科的医生护士们好像总是特别忙。晚上睡在医院走廊也有十来天了，半夜一两点被护士换吊瓶或者巡房送药的声音吵醒过很多次，有时候早上在一片嘈杂声里迷迷糊糊醒来，看她们推着自己装工具的小车已经忙碌起来了，看手机其实也才五点多而已。

也和旁边大姐聊起，若是换作自己坐在那护士站里，每天对着这菜市场一样喧闹的环境，想要长久的保持一个温声细语的好脾气，是自认绝对做不到的。而作为一个医生，每天连轴转着，连剪个头发的时间都没有，实在有点心酸。

看新闻说厦门某医院最近损失了两位好医生。想来其实也不惊讶，每天这样高强度的在医院待着，那么多病人和家属都翘首盼着，还要出论文搞研究，更别说还有自己的小家在身后无暇顾及……

这压力，又岂是一般人能承受得来的？

有时候，医患之间并没有那么多不可调和的矛盾，除开原则性问题，其实也不过是彼此多一份宽容和理解就能解决的事吧！

12 月 13 日，第十二天。

医生谈话的结果是，父亲目前熬过了最紧要的危险期，状态在回稳，如果不出现反复情况的话，就会慢慢好转。意思是，可以开始考虑转到普通病房了。

老彭很给力，就那样一个人坚韧地跨过了一个又一个关卡（术后 5-12 天防止水肿发生，随时可能引发的肺炎并发症）。这个阶段其实过得很揪心，每天只能在早上向医生问一次情况。医生简短地汇报夹杂的专业术语并不能被我很好的消化，肺部感染最严重的时候，一天几十根吸痰管的使用量，看得我胆战心惊。

那天签气切手术同意书的时候，医生三言两语就召唤了我全身的泪腺。在他们看来，久卧病床且无自主呼吸意识的人，做这样的手术不过是基础配置。但对于被一张门隔在屋外的我们而言，每一次手术都是内心悬浮的煎熬。

培养微生物抗体也好，请其他科室专家会诊也罢，我们能做的，只有等待。

当然，十万块也不过是刷卡滴的一声响而已。

12 月 14 日，第十三天。

一开始总想不明白，为什么连着这么多天每到晚上十一二点总会听到不远处的闹钟响，而前阵子一般到这个点，我基本上都已经睡着了，顶多被惊醒后慵懒地拿起手机看看时间再翻身继续睡。

今晚拎着手机挨到这个点都还没睡才发现，这是要定点起来给病房里的亲人翻身拍背，然后换守护的另一个人来睡下半夜。

每一个脑外科的病人，都是一场相对而言持久的战斗。大家都需要养足精力，对付下一个未知的明天。

12 月 15 日，第十四天。

老彭再次被推出来做检查，胡子长得老深，双眼有些无力地睁着。我喊了一声“爸爸”，看着他轻轻地眨了眨眼睛，内心里按捺不住地欣喜若狂。

郝医生向来高冷，转身淡淡地说：“这不过是人本能的反应罢了。”

啊，真是一点都不让人宽心。

而有些让人更心惊的是：一天内，从 ICU 拖回去两个人。

听说其中一个小孩是上午才送进来的，99 年生，18 岁都不到，辍学跟人学装修，不料从脚手架上摔了下来，头部先着地。工友们紧急送他进来，长长的手术后就是不断反复的病情。甚至小伙子离开这个世界的时候，家里的父母还不知道儿子已经出了事，只有姐姐带着刚放学的孩子匆匆赶来，却已是天人永隔。

我有时反应极慢。那会儿刚好低着头坐在门口转角专注的玩手机，完全没注意到身边的人全部撤离了。余光感觉有推车过来，本能的后退让位置，以为是又要送检的病人。抬头看半天也没看到患者的脸，旁边包围的家属又看着面生，没忍住站起来去探另一头，想着看清楚到底是谁。

这不看还好，一抬头发现另一边也是裹紧的白布，顿时傻了眼。入院这么些天，每次遇到有人离开，我从来都是避得远远的，因为胆子小。这下可是真的惊到了，下意识地赶紧往后退。

可得知真相的刹那，惋惜覆盖了所有的恐惧。

另一个病人是跟父亲同一天入院做手术的，因为当初坐在手术室门口就注意到他们家族的人口众多。这些天患者妻子和孩子轮流来医院，长期驻扎的是妹夫，私下里和我们几个已经特别熟。

不久前看着他们几姐妹在手术室门前互相安慰又抱头哭。如今入院也不过 13 天，就那么眼睁睁地看着回去了 4 个。

生命有时候真的脆弱得不像话。

12 月 18 日，第十七天。

手机能查询到的身体各项体征都已经趋于正常，医生通知检查结果显示都在稳定状态，综合分析认为可以迁出重症监护室了。

只是医院床位紧张，还得耐心等待。

眼看着好些熟悉的家属都已经离开六楼迁到了普通病房，说不羡慕那都是假的。曾经跟着数据心上心下的日子突然被宣告可以放松了，反倒有些不适应。

如今，护工请好了，各项必需品都取经过也准备好了，只等迁床。

突然想要感谢那个十几天前坚定不放弃的自己：

谁无暴风劲雨时，守得云开见月明。

12 月 19 日，第十八天。

等了一上午，饭都不敢去吃，生怕需要迁床的时候医生找不到我。提前请好的护工是个子比较娇小的阿姨，但据说很有经验。

等到中午十二点，上楼下楼的忙活了好一阵，才终于听到护士站喊了父亲的名字和号码。终于，等到了万里长征跨出的一大步！

第五章

云开明月惊

我以为看到他的一瞬间我会哭，可是没有。甚至都已经忘记那一刻到底留存了什么样的心情。只记得不停的唤着“爸爸”，问他是否感觉良好，问他有没有哪里不舒服，告诉他我在这里。

其实他并不能回话，因为肺部感染时做了气切手术，发不出任何声音。看着眼前全身遍布各种管子和仪器接线的男人，胡子拉碴，长期的空调房生活已经让他的皮肤干燥到裂开再结痂，脸上轻轻一撕就是一整块死皮。

说不心疼那都是忽悠人的，但眼泪对于此刻的场景并无任何益处，我只能戴着口罩站在旁边眯着双眼笑。眼前这个动作开始有些孩子气的男人——以前最不喜欢牵我的手，哪怕被我挽着都要打掉的男人，如今却紧紧地握着我的手，久久不肯松开，眼睛里写满了依赖。

生命是多么奇妙的东西！

一趟鬼门关之旅，彻底摧毁了这个男人表面的强悍与坚韧，他终于不再需要像个战士一样始终在前线无休止地战斗，他终于可以停下脚步歇歇疲惫的身心。

请来的护工阿姨的确很能干，而我，因为之前跟着六楼好些家属跑过迁病房的流程，早就把需要的东西全都搜索齐备了。于是，第一天也并没有传说中的手忙脚乱。说来好笑，以前买东西虽然也习惯用京东，但事物需求量一直不大，这次住院需要的都是些紧急的物件，想起京东的物流速度，也就每次都在上面下单。因为省会城市设有本地仓，商品一般都是当日或者隔日上午就到了。上次榨汁机免费退换货事件，直接惊呆了六楼围观的群众。久而久之，这些年纪偏长、不会网购的叔叔阿姨们都来找我帮忙凑单。于是，穿着京东服饰的派件员，每天带着一堆的纸箱在电梯口叫我的名字。一拆开其实也都是些成人护理垫、湿纸巾之类的医护用品，有时候还挺尴尬，哈哈。

早前看电视剧，总觉得重症监护室是玻璃窗户里那个只要穿着隔离服就能进去探视的地方，结果这十七天才发现是我太过天真。或许是医院条件有限，除了忙碌的医护人员，整个重症室都没有其他人进出，哪怕领病人做检查也只能在门外等。而最让我诧异的，是每一个从重症住了十天以上的病人，出来都是臭烘烘的。你能想象吗？一条送进去时崭新的毛巾，拿出来时像是生了青苔；而面对24小时开启的空调，尽管按要求呈送了护肤油，却还是干燥到皮肤开裂结痂。

看着阿姨一桶一桶水的给父亲小心翼翼地擦拭着，顿然心酸不止。天知道一个病人在重症监护室里的每一天，到底经历着怎样的斗争，又到底是倚靠了什么样的动力，才坚强地跨过了那一个又一个巨大而艰难的门槛。

与父亲好转的状态截然相反的是，从早上我开始低烧，到中午转病房那会儿，已经双腿重到尽管走得慢悠悠也还是累的慌。郝医生笑我这是乐极生悲。其实是前一天洗完头发在阳台吹风着了凉。以往只要我一感冒就千叮咛万嘱咐的父亲，今天也只能愣愣地看着我流鼻涕。

那种见不着人也抓不到重心的日子终究是告一段落了，所有藤蔓一样恣意生长的惊恐也终于稍微放下。

尽管大家都在说我坚强，但在我眼里，老彭，才是这世上一等一的坚强！

第六章

有故事的六楼

1、十六岁的少年，最勇敢的模样

生活有一千种形态，每天变着法的来。

医院每天傍晚 6:30 会分发租的折叠床，每个家属自行选地方安置，可以是走廊，也可以是楼梯间转角，或者是五楼。但因为住走廊的家属大多是家人在六楼 ICU 里的，所以大家都有些固执的不肯去其他楼层，害怕会在医生召唤的瞬间不能及时赶到。

我占的位置是走廊中间靠后部分，床头隔一个收纳箱的距离处紧挨着一个小伙子，是真的小，十六七岁的样子，脸上的胶原蛋白很足，面色却总疲惫得像个大人。可以说，他是我后来转变心态的关键动力源。

我落座的第一天，他主动凑过来找手足无措的我和伯父说话。小男孩的父亲和我父亲归属同一个主治医生，同样的病情：烟雾病。

第一次接触这个词汇的我，其实一天下来也还是没摸清头绪，尽管主治医生白天已经很耐心地解释了好几遍。而重新给我科普的小男孩却带来了我最不愿意听到的消息：已经入院月余，花销三十多万，病人依然没完全清醒。

我努力的消化着这个听起来不太好的消息，迅速在脑海里盘算了一笔账目，突然觉得生活真的有点难。

可抬起头却迎上小男孩真诚的笑脸："姐姐你也别太着急，这是一场有点漫长的战斗，你得先照顾好自己。"说完便转身去病房帮妈妈交班了——因为每两小时需要给病人翻身拍背一次，而且病人身上插着不少管子，得预防他拔掉。当然，这些都是我后来才切身体会到的。

渐渐地，我开始关注这一家人。

小男孩的母亲看起来是一个典型的贤妻良母，每天陪在丈夫身边，寸步不离，吃喝拉撒睡，每一件小事都尽心尽力，还不停地给我打气。因为病人是一名退役的军人，战友们前期在资金方面也帮了不少忙。女儿还在念大学，假期不多，偶尔才会过来陪一两天。小男孩早早地辍学上了班，心智成熟得俨然小大人。

用他母亲的说法，家里这片天，现在是靠他在撑着。

小男孩白天上班，晚上来陪母亲一起护理父亲交替着休息。而最让我诧异的是，他凭自己的能力，筹集了十五万的手术费用。这对我而言，接近一个天文数字。后来也正是他身上那股子不肯放弃的劲儿，激励着我一直咬牙坚持。我几乎大了他整整十岁！我甚至都没办法设想如果换做是十年前的我，此刻能否做到他的十二分之一。

都说穷人家的孩子早当家，可于他而言，应该是有责任感的男孩早撑家。

小男孩比我更早得知我父亲可以迁入普通病房的消息，那天大老远看到我就止不住的想着说恭喜。医院里待久了，比起遥远的亲人们，反而是走廊上的病人家属们建立了深厚的感情。他看我总是一个人守在医院里，知道我要请护工，还特地带着我去找他之前用过的护工阿姨。有时候，我会怀疑上苍在面对他们一家人时，是否关上了窗。即使后来我住了一个多月拔除所有管子出院回家疗养了，他们也还插着喉管辅助吞咽，不得不继续坚守在医院。后来我每月一次复查，都忍不住问问医生他们一家人的情况，直到我出院两个多月以后，才终于听到他们已经出院的好消息。

只希望余生，他们能平安且康健。

2、冲动的代价

医院的形势总是起伏不定，每天都有病愈出院时喜滋滋朝我们挥手告别的，也有紧张兮兮被送进来的，当然，不可避免的是，有生，就有死。

某天早上我温好牛奶送到重症门口，就撞见两个扑通跪下去开始号啕大哭的婆媳。知道是婆媳，是因为当初第一天无意占了他们的床位而打过正面交道。每天看着俩人有商有量的准备着儿子（丈夫）的饮食，却从某一天开始，被医生叫到的次数越来越频繁，直到，这一天真的到来。受伤的原因说来简直有点荒谬：好友生日，一群人喝酒庆祝，席间喝多了与他人起了冲突，一群人的战斗结束，他重伤入院。由于受伤严重，伤及大脑及几个重要器官，加上后期各种并发症，长时间反复的病情终于还是没能挨过去。

从早上突然响起的一阵哭声，到中午黑压压一片人跪在ICU门口等着那辆车推出来，大概最可怜的，是那个走路还摇摇晃晃的孩子。他应该连父亲的模样都来不及镌刻于心，就已经天人永隔。走廊里尽是家属们摇头叹气的声音：那么年轻的生命，如果少一些冲动，少一些鲁莽，是不是结局就会不一样？

尽管当下每个人心中都有些动荡，但对于医院这个地方来说，消息散步得有多快，就湮灭得有多快。果然，到了晚上，提心吊胆了一整天的家属们，早早地就入了梦乡。

3、老顽童“小爷爷”

12 月 29 日，离新的一年还差两天的时候，“小爷爷”终于出院了。我终于再不用 82、52 两头跑了，也不用再去想着法地哄着这个老顽童了，却也没人可以跟我玩了。

日子，突然又安静了下下来。

其实跟“小爷爷”的相识算是一种简单的缘分。因为和父亲差不多时间入院，又都在 ICU 待了十来天，所以，重症门外每天揪心却又忙碌等待的家属们，就这样一天天地抱成了团。有时候一起拼单团购些护士长交代需要准备的东西，一起研究又经济又实惠的榨汁机，一起探讨又营养又能搭配均衡的流食食谱——就好像一家人一样，互帮互助，又互相勉励。

老爷子的儿子和女儿都是在深圳工作的南昌人，因为父亲的突发事故，毅然请假回来轮岗守在 ICU 门口。儿子是富士康的工程师，女儿是学检验的，也是个医生。最开始，他的女儿总是很安静的一个人坐在转角的门口，偶尔抬个头，更多时候是在看手机。最紧张的时刻，是主治医师突然走过来说些老人的新情况，一般都不是太好，毕竟，六七十岁的人，再遭遇一次不大不小的车祸，并发症总相对比其他人严重。尽管是三四十岁有了子女的年纪，却每次总能看到她一瞬间就红了眼。每每这时候，我总想着说几句笨拙的话语安慰她一下，但是到最后都变成了肩膀上轻轻的两拍。在医院这种生死一瞬的地方，语言有时候真的苍白。

一来二去，她也开始注意到我，不理解为什么总是只有我一个人在医院守着。我简单地把家里的情况描述了一遍，她点点头，有点不可思议，有点叹息，但更多的，是同情。我向来惧怕这样的眼神，笑嘻嘻地告诉她真的没什么。慢慢的，她开始教我怎么向医生问询父亲的情况，教我一些简单的看检验报告的知识，在那个好几天都看不到病人一眼的六楼走廊里，帮我分析每天透过数据就能看到的病情变化。我们分享着彼此的水果、肉汤、鱼汤，甚至是榨汁机；互为支撑又互为帮手。在每一次突发面前，学会彼此宽慰。大概是上帝聆听了我们的祈祷，很快，老爷子从 ICU 转到普通病房来了。

因为工作是才换不久的，子女们在老爷子出重症后护理了两天就返深上班了，拖了母亲和家里的亲戚轮番照顾着。我每天一得闲就往五楼跑，比起六楼动不动就一群家属高谈阔论，五楼显然清净得多。老爷子是个典型的老顽童性子。清醒后第一次见我，我在脑子里思忖了半天，叫了声“大叔”，毕竟他的女儿和儿子都被我唤作小哥哥大姐姐。听我叫大叔，老爷子面色有些不高兴了，淘气地佯装生气，硬要我改口叫“小爷爷”才肯笑。“小奶奶”在一旁帮我解围，直嗔骂着“小爷爷”不要顽皮。那一幕竟然看得有些感动了。

小爷爷年轻的时候是个军人，在北方当兵，北方地域自然和土生土长的南方有着千差万别，粗犷的饮食更是让人叫苦不迭。因好在后勤部有个战友是老乡，可不就把他爱吃糖的习惯给宠坏了，三不五时帮他顺手带点，结果到现在没剩下两颗好牙，倒是笑起来又特别可爱。小奶奶是个退休的儿童医生，人看着温和，脾气也是出奇的好。小爷爷总是跟孩子一样耍性子，要么拔掉胃管不肯吃饭，要么偷偷拔掉氧气管，要么不肯下床练走路，小奶奶总能想出招把他哄好。有时候打针久了，他又爱动，针管弯了手臂开始肿胀，老伴儿急得有些生气了：“也就只有我才有这么好的脾气忍得了你！”睡在那里一脸无辜的小爷爷也不甘示弱：“只有我才受得了你呢，你看你又傻又笨的，哼。”两个人一嘴拌一嘴的，旁边人早已大笑不止，却温馨异常。

小爷爷总爱拉着我回忆那些在军队里的故事，当过兵的人对军旅生涯有一种强大的执念和骄傲感，战友们的情谊是几十年累积起来的城墙，坚不可摧。有一次正当他讲得激情四射时，小奶奶进来了，看着老伴儿眉飞色舞的样子只是笑，仿佛他还是年轻时热血澎湃的少年模样。我凑过去问她，“小奶奶，你当初是不是因为觉得小爷爷帅才嫁给他的啊？”有几分羞涩，又有几分兴奋：“可不是，当时追你小爷爷的姑娘可不少呢。”小爷爷一脸得意的样子看着自己的媳妇儿，脸颊上泛开了两朵花。

几天后，父亲也从重症出来了，刚好住在斜对面的病房里，我一连着两天都没再去串门。没曾想，小奶奶带着稀饭和感冒药来了。接到父亲可以出重症消息的那天，不知道是心里终于松了根弦，还是医院病毒真的太盛，我竟然重感冒倒下了。小奶奶知道后每餐都来给我送饭，教我辨别感冒灵的两个不同疗效。还挺惊奇的，电视剧里每天来来回回植入的“999”，竟然还有针对不同感冒原因的不同类型药，尽管看起来，外包装都差不多。后来，小奶奶也常来看父亲，教我按摩手脚疏经通络的小法子。而我，则趁着护工在的时间，继续溜到小爷爷身边哄他多吃点饭。小爷爷每次都要紧紧地握住我的手，一遍一遍地邀请我过年一定要去他家玩，说完还得拉钩盖章，可爱极了。

就那样不长不短的十来天功夫，一晃就过去了，很快，小爷爷就喜滋滋地回家了。那天送他们到楼下，望着一行人远去的背影，反而心生安慰。尽管后来的后来，我也没能去再看看小爷爷，但知道他一切都好，就是最好。

4、二次复发的绝望

医院里有太多的故事，我每天嘻嘻哈哈蹦蹦跳跳的来回穿梭着，也关注着。故事似乎记叙不清，但想要记住的人很多。

最开始注意到六楼的一个阿姨，是因为休息椅旁的她总在偷偷的抹着眼泪，因为他丈夫的编号是 115 号，且称她为“115 阿姨”吧。说实话，医院里也许最多的是眼泪，最让人惧怕的，也是眼泪。我小心翼翼地凑过去试图劝说她，浅聊起来，我们是同一个主治医师，而且她对我还有了些了解。通常，这种情况下，我们的家人基本就是同种病情了，于是我开始笑着跟她讲了些我父亲的故事。她有些讶异，看着我忍不住再次哭出了声。

后来的我才知道，这是她老公第二次入院。叔叔一两年前就曾因突发脑溢血在这个医院抢救过，后来恢复比较好，就一直在家休养护理。而一年多后的某一天早晨，叔叔从洗手间回来的路上突然没征兆的病情复发了，甚至早上路过时还跟儿子问了早安。

而这一次，事情似乎并没有之前那么幸运，术后在 ICU 里待了十几天也始终没见好转。傍晚透过电子屏的探视一分钟时间里，阿姨每多看老公一次，内心就越发崩溃，满脑子总想着如果老公没了，自己也没法再活。每天也不吃饭，就那样呆呆地坐在那里抹眼泪。后来我不断地陪着她聊天，她倾诉着这一年多来自己所承受的一切，每天看着自己的丈夫再不是原来气宇轩昂的样子，就特别心酸。“他以前跟我说会好好照顾我一辈子的，现在却让我每天照顾他为他担惊受怕，他怎么那么说话不算数呢？”我不知道这一句话里有多少是真正的责备，又有多少其实只是发自内心的不舍。“说好了要陪我一起去旅游，现在却躺在里面动也不动，不去玩也没关系，可是他竟然想要连照顾他的机会都不给我！”

到一周后，病情还是漂浮不定，阿姨又开始萌生了轻生的念头。

当初在医院的时候并不能理解那种心里满满的绝望，除了对病床上那个人未知病情的绝望，还有对自己未来孤苦无依的绝望。那种尽管全世界都还在，可如果缺了他就等于缺了全世界的感受，我在后来的某一段时间里特别能懂。看着眼前这个脆弱到不堪一击的阿姨，我终于有些忍不住了，我每天看着她的儿子准时准点地出现在医院里，跟医生进行着简短的沟通，再悄悄叮嘱阿姨身边的朋友帮她宽心。其实为人子女的想要的真的不多，无非是我成家立业时，有身体康健的双亲在侧，一起分享喜悦，一起享受美好。我努力的跟她解释着为人子女的感受，分享着合适的汤汤水水，眼看着情绪也终于稳定了下来。

父亲转到普通病房那天，正好遇上医生给她再一次下达了病危通知书，劝她放弃。我因为突然的高烧，浑浑噩噩的，也没时间陪她多聊几句。上楼去收拾东西时，阿姨拉着我的手说了好久，出乎意料的是阿姨说："丫头，要不是你天天陪着我，我早就崩溃了。但是现在你放心，我一定会为了我儿子好好保重自己的。"父亲以前总教育我，做人要与人为善，"勿以善小而不为"。那时大概不懂得这其中的意义，但这一次，是确切地觉察到，真的有意义。

只是有些可惜的是，当我两天高烧过后再去找她时，他们已经离开了，最终还是选择了放弃治疗。不知道阿姨现在的状态如何，只希望岁月里匆匆遇见过的人，你们一切都好。

5、没有主心骨的家

这家人的故事我一直在纠结该如何叙述，直到那天终于又在朋友圈里看到这家大儿子的动态，才终于放下了一点点心。

在这之前，我并不曾与河南人打交道，一来是离得远，二来身边也没有相应的人物出现，甚至因为网络和影视作品而对他们存在过无知的偏见。

认识这家人，依然是在六楼的走廊。那会儿她睡在“小爷爷”的女儿旁边，重症门口出来的右手边，顶前面的位置，据说是其他家病人迁普通病房后特意留给她的位置。六楼有个不成文的习俗，每个安全迁出的病人家属，都会把位置留给看起来相对艰难点的另一个人。

大姐是六楼大嗓门排行的前几名，嘈杂的环境会让人不自觉把声调提高八度，这算是正常反应。坐在小姐姐床上聊天的日子，总能提到她跟对面的家属聊起自己的家庭和重症室里的丈夫，每天都是同一套说辞，类似祥林嫂，一来二去，大家也就都知道了。当然，大家关注的重点，是她丈夫故事里不可理喻的弟媳妇儿。

之所以觉得不可思议，在于，她的丈夫原本在其他地方干活，一年多前跟着弟弟到这里来干工地，不知怎么就躺到了这重症室里。据她描述，老公似乎是在楼梯上摔了一跤，事发后还给她打过电话，只说是头疼。几天后，她才在千里之外的河南接到电话说老公出事了。而等她到达医院，丈夫已经完成了手术，削掉了一块颅骨，住进了ICU。

这一切来得太过蹊跷，蹊跷的不是老公手术，而是手术几天后医院下了病危通知才有人告诉她；蹊跷的是事发后弟媳妇儿扣押了她丈夫的手机身份证银行卡和行李等一切物件儿。她神秘兮兮地告诉我们："我老公手机里有一段录音，他摔下来之后打电话跟我说的。现在弟媳妇儿找我要老公手机密码，我不知道，就算知道我也不给。"

大姐和她老公的手机都是旧式的按键机，也不是老气的老人机款式，但是相对如今手机更新换代跟翻书一样的时代，这俩不到四十岁的中年人还是让我们觉得吃惊。甚至大姐连微信为何物都不清楚。

我们试图给她科普些跟潮流的东西，被她摆手拒绝了。"我老公跟我说啥也不用学，有啥事他都会帮我在前边儿顶着的。"我和小姐姐自是识趣地不再多言。

大姐和丈夫相亲时一见钟情，婚后感情到如今依然如胶似漆，有三个孩子，老大退伍回来刚满二十岁，老二正读大一，看照片是个特别帅气的男生，小女儿正高三紧急备考。大姐的丈夫是整个家庭的支柱，会时不时给她带来惊喜和浪漫，也会把孩子们捧在手心里疼。凡是你能想象的好丈夫好爸爸的样子，大概他都有。

但这一切，突然就变天了。

大姐每天紧跟着医生问些丈夫的新情况，过程都是类似的大起大落转危为安。偶尔弟媳妇儿会来，缴纳医疗费用再送点汤水，汤水是很后来的事情了。看起来是北方人明显的好大个，很有气质的样子，也会礼貌地和我们打招呼。但大姐对她一直很不满。因为对于突发始终没有得到合理的解释，三缄其口后又换了好几套说辞。总之，看起来很玄乎。

最大的危机，爆发在迁到普通病房将近一个月的时候。那会儿小爷爷已经回家了。原本康复尽管缓慢但渐有起色的人，突然因为欠费被停了药。大姐的大儿子是个还不太成熟的大男孩，完全孩子模样，处事比较冲动。好几次跟我说想报警或者到电视台曝光自己的婶婶，甚至在微博上发了好些激进的言论，但收效甚微。直到，他叔叔赶来的那天。

提前就知道他叔叔要来，要带他父亲回老家治疗，甚至靠前的好几个病房都知道。小男孩很冲动，一直卯着劲儿想跟叔叔大干一场。我向来知道武力只能激化矛盾，别无他效，加上大姐特意跑到病房来拜托我帮忙劝劝这个大儿子，我只能把他拉到我们病房推心置腹地谈。我不是什么危机处理专家，但作为旁观了月余的人，多少心里还是有些思路。我苦口婆心地跟他列举了武力冲突带来的危害一二三，又从各个角度给了他关于如何应对叔叔的方法。其实中心思想也只有一个：冷静。只要控制情绪就还能继续心平气和的坐下来谈。

接近半小时的絮叨，眼看着他一再地点头后，我放他出了门。

但我到底还是低估了这家人。

出门不久，就听到走廊里一阵混乱的声音：小男孩直接抡起拳头把叔叔给打了！一边是同样暴怒的叔叔，一边是哭着拽住小男孩的大姐和婆婆，还有一个小姑娘。我抬腿就跑了过去，恶狠狠地盯着小男孩，气愤他的鲁莽与冲动。他两眼泛泪地看着我："姐，他居然把我还没考试的妹妹悄悄带过来了！"

我瞬间理解了他愤怒的源泉，全家人都最心疼这个妹妹，尽管每个人早已经崩溃，却还是强撑着编造各种理由来搪塞这个正在读高三的孩子，试图隐瞒真相到她高考结束的那天。可如今，为了能劝这家人回老家治疗，他们不仅带来了妈妈，还顺道去学校悄无声息地接来了妹妹。

而更让人震惊的是，叔叔从朋友那里借了二十万打给自己的老婆，让她送来补交医疗费，却被全额扣押了。这中间巨大的矛盾由此解开了一小道。

大儿子依然不肯同意转院，除了父亲病重不适合长途奔波，更多的是，他想留在这里寻找真相。天真的孩子选择了在大家收拾行李的时候躲起来以示抗拒，关机、失踪。等我从病房里累到一觉睡醒，那边病房里已经收拾一空，护士盖好的消毒套已经开始工作。

后来，小男孩还是出现了，大姐笑嘻嘻的说起弟弟愿意再出十万给丈夫治疗，双方就此妥协。救护车就这样带着他们回了家。

原本以为故事到这也就结束了，喧嚣了好一阵的医院又恢复了往常的沉寂。

几天后，大宝打电话给他的护工和我，让我们帮忙问问主治医师能否再迁回来。一来，北方冬季雾霾严重，病人无法进行室外康复训练；二来，叔叔到家后就反悔不再出钱，老家的医疗水平也比不上这边的医院。我们和医生说清楚情况后，医生还是拒绝了他的要求。一个脑部正处在恢复期的病人，来回几千公里的颠簸，绝对不是件值得鼓励的事，弄不好就会出大危机。

自此，是真的恢复了平静。

小姑娘参加高考的结果我没问，只知道二儿子直接回大学校园退了学。小男孩后来还是有发过一些求真相的朋友圈，但依然孤立无援。甚至到如今，也没人能说得清楚当初到底发生了什么样的事情，才走到了这样令人绝望的一天。

每一个重症室外的家属身上，都有一个沉重的故事刚发生或者一直在。我们小心地聆听着他人的哀伤，也分享了他人的喜悦。我们在一个又一个崭新的十七天里，一遍又一遍地重复着单调却又充满希望的小事情，我们每天计算好时间安排着八餐的流食，也学习着分析一串串不太能看懂的数据；我们每天看着有人愁容满面地从办公室里出来，也看着有人笑逐颜开地搬进了各个普通病房，每个人的故事都在以自己独特的形式继续，而我和老彭的故事，也一天天地延续。

第七章

两个人的跨年

曾经对医院的所有认知，几乎来源于电视剧。敞亮的病房里，家属们不是削削水果聊聊天，就是握着病人的手累到打了个盹儿。

然而并不全是。

父亲到普通病房后，依然需要通过胃管注射流食，只是每餐的量会相较之前多了一些，次数也相应的减少。打胃管还是个不太好玩的技术活。首先，你得用不带针头的注射器先回抽，确保之前的食物已经吸收了；再备好一杯温水冲管，冲刷之前管内残留的淤渣；接下来，才是缓慢的输流食过程。每打完一管，还得将胃管折一下，防止空气通过胃管进入体内。

真是一个有学问的事情，我简直要开始崇拜护工阿姨了！

半天忙碌下来，到晚间九十点，我还是催着护工阿姨去休息了。老彭身上插满了管子和内置针管，一个不留神触到某一根，就可能会带来危险。

第一个夜晚回想起来还是觉得又累又好笑。半夜的病房安静得仿佛能听见心跳的声音，而心电监护仪却是个没办法把响声关闭的仪器，在那样的时间点直接变成了众人耳中的噪音。隔壁病床是一个重症住了两个月才出来的阿姨以及她的陪护护工，为了不打扰到他们的休息，我决定掐表找规律。作为一个高考数学不会的题基本按以前练习题里出现过最多的答案来填结果还都蒙对了的中文专业美少女，加上感冒发烧脑袋昏昏沉沉，真的是蠢到半夜才把规律摸清楚。于是，我定了个两分钟一次的震动闹钟。如果你刚好那晚经过我的病房，就会看到有个妹子每隔两分钟突然被惊醒然后手忙脚乱的去按开关。每一次，都会被吓到心跳加快，猛然抬头！啊，多么痛的领悟……

也是在那个晚上，我才真正理解了传说中的每隔一两个小时帮病人翻身拍背。起初的我是几乎没有力气的，每一次尽管有护士帮忙，却还是差了点劲。三角枕倒是个设计满分的好东西，往身侧一放，对于这种基本不会自己翻动的病人来说，就是固定架一样的存在，防止了长期平躺导致褥疮等情况的出现。

那一个夜晚，完全是浑浑噩噩地数着时间才等到天亮，完全是身体的煎熬。等六点半护工阿姨醒来时，护士已经抽走了一管血做检查，也量完了体温。而我，也几乎抽走了所有的力气，直接窝在了装被子的塑料箱里。体温计拿出来，38.9℃高烧。可怜的我的护工，接下来两天时间，拿着一份工资照顾着一大一小两个病人。而我，除了睡觉，就是夜晚守着需要吊水到两三点的父亲。

隔壁床的病人在我住进来时，已经在普通病房又住了一个多月也还是没有半点清醒的趋势，有时候一整天甚至连眼皮都不曾睁开。女儿有时候会来送饭，看看是否有缺货，其余时间全交给护工。我想，我大概是能理解的。一个人的耐心总是有限，在重症室门口坚持六十天甚至更长的时间里所受的煎熬，真的只有亲身经历过的人才能懂。那种坐过山车一样忽上忽下的心境里，除了恐惧，更多的是未知——你不知道到底哪天才是尽头，到底哪天，才能看到真正的希望。所以当他们几天后选择带着母亲回老家时，我并不曾觉得多么诧异。一个普通的家庭想要承受住医院每天最低也有将近上千的医疗费用，再加上之前迅速消耗的一笔巨资，实在太难。

他们走后，病床迅速消毒整理好了，又有新的病人住进来，车祸。

而老彭，开始有些低烧。总是整夜整夜的睁着眼睛望着天花板，白天却是耳垂被护士掐到出血，也醒不过来。这样日夜颠倒的昏睡并不是件好事。我必须得整晚整晚地盯着他，才能避免他把身上的管子拔掉；白天也开始学郝医生一声一声地叫老彭试图将他唤醒。这样的日子，持续了近二十天。老彭竟然练就了一身本事来适应他自己黑白对调的生活，比如说，闭着眼睛喝牛奶，闭着眼睛吃香蕉，直到，闭着眼睛吃饭。

以前不懂得照顾病人的含义到底是什么，而陪着老彭的日子，倒是让很多事情一天天的从受不了到习惯再到成为自然。大半夜瞪着双眼的老彭，其实手脚基本都是用绑带松松地固定在床架上的。一开始只有左半边稍微能动，倒是挺让人省心，只需要每天帮他翻翻身拍拍背，然后陪着他盯天花板。后来，身体机能日渐恢复，老彭的躁动也越来越明显。即使绑带的松紧度调到最紧，也开始招架不住他浑身反抗的力量。

正好那段时间的老彭喉咙上的气切开始做堵管测试，老彭说的话已经有了声音，但是大脑意识却是混乱的。病房里有电视，那阵子热播的是一个抗战剧。老彭似乎是被里面的剧情影响了，人也陷入了莫名的恐慌之中。他会趁护工阿姨出去的一小会儿，拉住我的袖子告诉我："我们现在身处敌营，非常危险，要想办法逃！"那小心翼翼的眼神，仿佛身后真的埋伏着十万精兵。我觉得又好笑又心酸，那个聪明不已的倔老头，突然之间就成了带着傻气的老孩子；那个说起话来最能条条是道的老干部，竟然已经思维逻辑完全混乱。我没有选择打断或者否定他，反而一时孩子气上来，顺着他的话接着往下聊。哦，原来此刻他已经荣升为官兵，带着他的小部队先期潜入了敌营，但是周遭正危机四伏，我们还得想办法先逃出去！经过半小时的疏导与奋战，我们终于抵达安全区域，完成了上级交付的使命，两个人会心一笑，老彭侧身安稳地睡下了。

后来问起经验老到的护工，猜测大概是平时我们对他太过严厉。又不许乱动，不许扯管子，还得每餐被逼着吃饭喝汤。对于老彭而言，那时的他，是没有安全感的。而每天的所见所闻，正好丰富了他的语言库。或者说，其实只是受周边环境影响而已。这样的状态，到今天，也依然是。

我们父女俩逐渐开始了天马行空的对话。每天晚上睡前，我会悄悄地在他耳边告诉他，明天要早起上班，老板会来查岗，哄他早点睡。早上大吼几声老彭，告诉他上班时间已到，得赶紧起床，迟到了老板会罚款。竟然这种烂招数也会真的奏效，想来，父亲真的是一辈子兢兢业业的好员工吧。

他能说的话越多，我便越期待有一天他能叫出我的名字。然而很遗憾，除了知道他自己是谁，其他的，基本上已经全部忘记了。那种偶像剧里的套路竟然真的会在医学上得以见证，我反而诧异了。

闲暇之余，每天就是逗老彭：“你有几个孩子啊？”

“我啊？我两儿两女！”回答倒是挺中气十足，就是不知道这些孩子都是从何处变身而来，也是有点尴尬了。而更刺激的，还在后头：“老彭，你有老婆吗？

“我有三个老公。”

病房里的人都忍不住笑出了声，老彭俨然已经是大伙儿的开心果。

原来，他记得自己是谁，却记不起我，甚至不记得有个女儿。以前想过，会有一天，他变成老小孩，我变成小大人。只是不曾想，这天来得这么快。

老彭越来越躁动，能活动的幅度越来越大。用护士的话说，家属越闲，就说明病人恢复越慢；反言之，家属越累，病人的恢复程度就越高。于是，我们要做的事情也越来越多，我打瞌睡的时候，也越来越多。

固定带对老彭的约束力越来越小，他甚至可以自己试着从里面把手挣脱出来。我们尝试了很多办法，最后决定只绑一只手，固定牢，另一只，由我握着。起初的效果是明显的，后半夜三四点我的瞌睡虫一来，基本就是放养状态了。

于是乎，拔掉尿管之后，你总能在后半夜看到我摇醒护工阿姨，再狂奔到护士站领回新的床单换上。等他两只手都能动弹了，换床单的频率也就逐步上升，几乎成了五楼之最。我按着护士长教的方法，把所有防止尿床的方法全试了一遍，最后都以失败告终。甚至到后来，我已经习惯了那张尿湿的床，和一脸无辜的你。很久以后，我依然怀念医院里病床上那张即使尿湿了也看不出来的床垫，那简直是神的发明啊！

12 月 31 日，每年的那天，我都沉浸在跨年的喜悦里，很少出门玩，但关在家里也会想着法的让自己高兴，比如说，备满吃喝看跨年晚会。唯独这一年，医院里莫名的静谧，甚至冷清，全然没有元旦假期的兴奋，也没有新年即将来临的喜庆。我们俩守着那张窄窄的病床，开始找话题聊。那时候的老彭进步神速，已经开始尝试做气管半堵，而且没有不良反应。已经从试着一滴一滴温水的吞咽，进展到可以喝榨汁机绞碎的饭菜，到那天可以学会了咀嚼，开始吃香蕉。明明都是些平日里再正常不过的事情，如今却是一点一滴都能让人觉得惊喜。

看着他倒是挺享受的样子，我试探的问着眼前这个闭着眼迷糊的他："爸爸，你知道我是谁吗？"

"当然知道啦！"依然纯正的洞庭湖普通话。

"那我是谁？"

当我的名字真的从他嘴里悠悠地吐出来时，原本不曾抱有期待的我，脸上已经堆满掩不住的笑。这样的跨年夜，大概才是最热闹最温馨也最浪漫的吧。

第八章

活着，才是最好的新年

跨年结束，病房里又换上了新的病友。之前的那位大姐，是因为小型车祸入院，有骨折，脑部也有明显的伤。一开始以为那对每天来来回回的老人家是她的父母，后来才知道是公公婆婆。老人家感情甚好，两个人总是嬉笑着在病房里，陡然间增了几分生气。

两方相处的状态完全不是传说中婆媳间永远不可开交的样子，反而和谐到让我诧异。大姐总要在我们面前夸上婆婆几句，“我嫁过来这么多年婆婆都没让我做过家务，我公公婆婆手艺又好，你看把我养这么肥。”婆婆也是一脸爱怜地看着自己的儿媳妇，哄着她忍痛多吃点饭，每天老早就带好粮食来跟儿子交班。这倒让我有些跌眼镜了，更多的是歆羡。多么美好的一家人啊，还好那个肇事逃逸的司机当时没有对她造成太大的伤害，不然……

而新来的，是一个单位上的小领导。客户带人来闹事时，他去调解，结果凳子砸在了他头上。其实不见得有多么重的伤，但是老板坚持让他住院留观，以确保万无一失。于是乎，你可以看到，每天车水马龙的看望者，花篮和水果堆满了病房。和这阵仗形成鲜明对比的，每天来查房的护士都在不停的寻找他——每次吊完水他便约着朋友溜出去吃香喝辣了，大半天才回来睡一会儿。明明是留观脑震荡的，倒是一点儿也不让人省心。

如果仅仅只是顽皮和有一个很漂亮温婉的妻子，也许我并不会对他有多么深刻的印象。更多的故事，来源于那天来病房看他的同事。瘦小的个子，看起来年龄并不算大，脸上神色有些疲惫。从他们聊天中得知，女孩儿的母亲正好在六楼的重症室里，而且，情况似乎不大好。

说实话，在这地方待的时间越长，越觉得自己其实是那些所谓的不幸中看起来最幸运的人。

父亲入院整一月，无论是在六楼走廊的等待还是后来迁到普通病房来，从来都没有半夜接到医院电话说情况不稳或者突发需要抢救的时候。尽管郝医生时不时会把当前最坏的情况告诉我，让我有个心理准备的时间，但那些话和某些病人家属比起来，其实已经是轻微的了。

知道六楼人多嘈杂，隔壁床的病人很贴心的让陪护的同事晚上到我们病房里休息。本来是一件很温情的事，甚至其实每晚来睡的家属都不一样，看着应该是很团结的一家人。妹妹也不过十八九岁的年纪，倒是有几分老成的气质。父亲脸上更多的是疲惫和无奈，都不多言。听说过一两次情况不好的突发，但是最后基本都是虚惊一场。

直到，有一天……

那时的老彭已经能挣扎着半坐起，也能强有力又哆嗦着的把管子一个个拔掉，危险得很。我晚上的睡眠也就跟着浅了。

那晚我决定只搬把凳子坐在床边守着，防止他双手的躁动。看着楼上陪护的两姐妹双眼红胀着进来，便把折叠椅让给她们，想着至少可以让她稍微舒坦地休息会儿。其实也知道他们没法睡得很安生，因为医生跟他们说，要么是今天，要么是明后天。

这种被宣判的感觉真的特别特别不好，外面的人心底里一下子就没了希望，也没了力量。只是或许真的太累，俩人竟然也很快入睡了。

所以当12:13，妹妹的电话震动声响起，我突然心里紧张了起来。震了好一会儿，妹妹也没反应，我这才忍不住伸出手去推醒了她。眼前的人条件反射地抓起手机，午夜的病房静得连滴水声都格外清晰，手机扩音里，医生的字字句句也清晰得要命。熹微的光线里，泪水反射的光带着亮。看着妹妹出门后姐姐一点一点穿好衣服走出去的背影，似乎不急不躁，也似乎，已经有了绝望。我在心里很认真的祈祷一切要变好。可不到三分钟，看着她吸着鼻子回来默默地把为母亲准备好的衣服拿出去……心里突然就跟着空了一大块。

文字絮絮叨叨却完全写不出在那暗夜里空寂的心情。我们都以为，又会是一场尽管漫长却还是会有转机的战斗，可偏偏，也不过第四天，竟然，一切到这里，就全部结束了。隔壁床的人在妹妹回来拔充电器的那一刻突然惊醒，紧接着，就是两个人长久的沉默。你能明白吗？真的会有时候，什么语言都显得苍白。

看着面前的老彭坐起来挣扎一番又开始熟睡的样子，真的庆幸：

活着真好！

第九章

打翻了牛奶，哭也没用

有时候回想起来，或许是那个十一月自己太过任性潇洒，才会让十二月变得那么沉重。我背着书包行进在不曾踏足的好几个城市，逐一完成心愿清单上的事情，暂时地遗忘了生活里所有的不快。

谈的一场恋爱，原以为远距离奔过去就会有惊喜，就会重新燃起激情。不曾想，突然间就消停了，有征兆，却想不明白的那种。

第一次很崩溃很崩溃地哭了一整晚，蹲在朋友家的小飘窗上，然后挪到被子里卷起来，鼻涕擦完了一整包抽纸。但是两个月后再回想起来，手机里的聊天记录都还在，却不会再边看边哭；也不再可惜后悔怨恨纠结，或者想念。

很认真地想了一下，在一起走过的那段路，最初是那么的甜，两个人曾经那么勇敢也那么用心地有过一场小确幸。求婚也好，承诺也罢，至少那一刻他说出那一句话时，曾经认真；那一个拥抱，也曾经用力，就是人生中一段美好而值得的回忆。

所谓的成长，不过是在世俗的轮回里渐渐明白感情存在的意义，开始与结束，只是一种简单的表现形式，而走过的每一段经历，都构成了实实在在的人生。

以前在备忘录里记下过一段毛姆的话："打翻了牛奶，哭也没用，因为宇宙间的一切力量都在处心积虑要把牛奶打翻"。

那会儿不明白话中的含义，可医院里来来往往的人群中每一个或暗淡或明亮的眼神，都在告诉你，学会接受。生活给的一切，或许只是轮回里的一场宿命。而我们能做的，除了哭，就是用能拿的出来的状态冷静直面。管他到底能不能好起来，其实日子都会不断地往前，一秒都不会停滞。怨声载道收获的效果微乎其微，甚至会把身边最亲近的人都推出去好远，就像那时候一遍一遍述说着的祥林嫂。

鲁迅先生说："真的猛士，敢于直面惨淡的人生。"我的人生并没有十分惨淡，但，我想做个真的勇士。

第十章

护　工

郝医生通知我要迁病房时，我开始寻找合适的护工。我一直以为自己是很会坐在旁边观察细节的人，比如说走廊里微妙的亲情关系。那些每天扶着病人很卖力地在狭窄的走廊里练习走路的人，言语里的鼓励与肯定，都让我将他们简单归类为亲人。但事实证明，我还欠了好些火候。

往往那些声音最大、最能“狠心”坚持让病人锻炼的，都是护工。

这是医院里特殊的病情和日益忙碌的家属衍生出来的一个群体，而且有组织性。专业程度不好评判，基本上都是从小自学成才。

我是个极少到医院的人，更不用说一家外地医院，这里面的行情我完全摸不清楚。所以我第一时间想到了求助——向六楼那个小男孩。毕竟，我们的父亲有着相同的病情，护理情况应该也基本一致。他很爽快地帮我找到了当初他们用过的护工阿姨，她正在护理的病人预计刚好在我父亲出重症那天出院，可以做个无缝对接。那是个看起来三十出头的女性，画着简单的妆容，笑声很爽朗，说话也很得体，很热情地招呼着我，问了父亲的大致情况，让我放心，事情交到她手上就好。我的确不曾经历过这样的场面，甚至连价钱都没问，就直接应了下来。

原以为就这样顺利地确定了，没想到前一晚护工突然接到消息，她的病人暂时还不能出院。我瞬间又没了主意，倒是她很热情地帮我立马联系了之前的“朋友”，顺带着将对方好好地夸赞了一番。

说是“朋友”，其实后来的我才知道，这是她们在医院里做护工时结识的同事，大多是中年人，男性女性兼有，年龄段基本在三十五以上。女性相对多一些，大多是来自农村的家庭妇女，能吃苦耐劳，懂一些护理知识，一般知识的储备主要来源于实践积累。而他们工作的来源，并不是时刻蹲守在医院或者人才市场等待被分配，而是由医院的清洁工、后勤工作人员、住院部服务人员等推荐，或者在工作中的“同事”们推荐。也因此有了做卫生的阿姨突然凑过来聊天的热情和楼下推车负责人的强烈关心。

我是个神经相对大条的人，第一次这样的经历也着实算是不谙世故。所以当最后她把阿姨叫过来后，尽管对面前这位小个子阿姨并未心存好感，也还是满口应了下来，甚至连价钱都不知道要还。当“115阿姨”问我准备的进度和护工情况时，我虎头虎脑地给她说了个数字，才发现自己似乎是被“坑”了。整个六楼，我的护理费怕是要排在前几了。阿姨向来是心疼我的，觉得气不过，赶紧帮着我还价，用方言责备他们欺负我这个明明还是个孩子的外地人，尽管我已经二十五周岁了。对方纵是不情愿，医院走廊来来回回也都是些当地人，总是条件反射地站在了相对弱势的患者家属一方；更何况，医院里最不缺的，除了病人，就是护工，一来二去，价格倒是真省下来一笔。

谈判完，俩护工有些悻悻地离开了，我却直接愣在了原地。

曾经一度以为这世界上的人都是同情心居先，以为在医院这种生死一瞬的地方，大家总会多怜悯患者一些，却原来，在利益面前，自身才是出发点。没有所谓可以评判的对错，就像父亲入院那天手术前先剃完头再来收费的老太太，五十元一次的光头，不需要过硬的技术，也不需要灵活的技巧，只因为她是已然存在于医院的一份子，尽管没有挂着的证件，仍是理所当然的就起了价钱，先斩后奏与不得不剃的最后，是家属们无可奈何的掏了腰包。

我向来将这种行为归结为“趁火打劫”。本该是让家属们感激不已的举动，突然就变成金钱交易之后的理所当然，不谈人情味，更无暇感恩，转身出门就不会再多回望一眼。

按他们的规矩，护工的工资是十天一结，十天后我才知道，第一天的工钱，是推荐人的介绍费用，相当于干白工。大家心里尽管会有些不情愿，但这个不成文的规矩依然笃定地传承了下来。在这座城市里，这个工种这几年似乎发展迅猛，在各行各业收入缓慢增长的今天，他们竟然达到了翻倍的加价速度，即使干的活儿还是那些，但提出的标准却水涨船高了。于是，重症室外家属们除了愁眉不展地应对着每天跳水表一样的医药费，还得咬着牙掏出一大笔现金请护工。

我的护工阿姨是附近镇上的人，丈夫早年过世了，孩子们都已经成家立业，孙子也还没降生，所以她将大把的时间用在为儿子储备更多资金上。大概会超出你想象的是，三年时间，她给儿子攒了一套商品房，全额付款。我惊讶于他们收入的丰厚，也敬佩于她为人母的爱心。

当然，不可否认的是，前期，他们真的给家属帮了大忙。

父亲从重症推出来那天，身上插着好些管子。胃管、气管、检测仪埋下的针头、尿管，还有头顶两根引流管拔掉后包扎的满头绷带。这些东西，每一根都会被护士很严肃而重复的交代注意事项，重点是：尽量不要碰到。

我是毛手毛脚惯了的人，在这件事情上，自然是避之不及的，发自内心的恐惧，担心因为自己的一个不小心，导致更严重的问题。除了管子，重症住完后浑身上下散发的恶臭，也让人直接蒙了圈。我曾经天真地以为，一笔笔护理费的背后，应该是被打理得井井有条的父亲，至少是干干净净。意外的是，空调房里长期的干燥，加上护士们不具名的原因，比如说人手不够，每一个长时间出来的患者，都有着让人吃惊的体味。帮着提了好几桶水，看着一盆盆被倒掉的水从发黑到不再浑浊，才勉勉强强地算是给父亲擦完了身子。

这住院部里多的是形形色色的护工。

患者家属数量庞大的，护工几乎只是一个指挥者，类似老师，偶尔手把手教学，大多时候只需要在旁边行指使权；两个左右家属的，大多数采取对半模式，彼此分担，相互交流；一个家属的，比如说我，基本采取轮岗模式，一人半天，一般家属负责夜间看护，即使白天也在一起围着病人转；无家属到场的，那就是全护工模式了，拿一样的工资，日夜兼顾，但这类病人大多入院已久，要么几乎不动弹，要么几乎康复，偶尔家属会来送餐。

绝大多数护工乐观、爱笑、嗓门大，但也容易与旁边家属起冲突。手脚麻利和勤劳是他们的共通点，也是他们的立身之本。他们也能以最短的时间，比如说接开水的间隙，交换住院部最新的八卦消息。所以你时常能看到我的护工阿姨神秘兮兮地跟我说着什么，偶尔还使些眼色让我不要声张。

于是乎，哪怕我一整天不出门，也能知道楼下哪个家属在闹事，楼上谁又从重症搬出来了，对面病房里明天会有人出院，或者，有人没撑住被抬回家了。

每天在细细碎碎的故事里消磨，时间倒是过得飞快。父亲每天醒来总是一脸茫然地看着护工阿姨，到底还是不认识的，短短的几天，对于一个大脑受创的人而言，也不太可能建立具体的印象。

而护工阿姨最令我敬佩，在后来的时间里影响我最深的，是她惊人的耐心和忍受力。其实脑溢血病人术后恢复到正常状态的人也有，但像父亲这样出重症后偏瘫的，也大有人在。父亲刚出来时浑身的恶臭已经让我大跌眼镜，而之后护理的过程，才真正让我学会成长。

父亲的大小便在一段不长也不短的时间里，是失禁的。最开始插着导尿管，倒是没太多需要操心的，只需要控制他的双手不去拔罐子。后来为了避免长时间插尿管导致尿道感染和对尿管的依赖性，几天后就把尿管拔掉了。这一拔，倒像是给自己引进了一滩洪水。我们按照惯常的经验准备了接尿器、尿不湿、尿垫等所有能想到的辅助设备，但都以失败告终。父亲那会儿最大的问题，是没有足够的自我意识，不会口头表达要小便的意愿。但手已经逐渐灵活，东抓西挠的本领正盛。于是，每一次，尽管在我们看来已经做足了防护措施，却还是把床单被套上画满了地图。

医院的病床是个神奇的物件，尽管被单湿到能拧出水来，顺手摸过去的床垫却是干净不留痕迹的。这是我后来出院后最想念的物件。

而除了换床单这件小事，其他的工作几乎都是护工阿姨在做，比如说尿湿后及时擦澡，换洗身上弄湿的衣服。那时的我到底还没能接受这些事情，总觉着女儿家家的，还是不太方便。所以每一次发现父亲尿床或者尿袋满了要换，我都会大呼护工求救。

真正最让我诧异的，是伺候父亲的大便。这类型的病人大多容易便秘，父亲也是。因为大便过程中的过度用力会带来再次脑溢血的可能，我们总是尽量规避。“开塞露”这个神器，我是在那时候才了解到的。护士小姐大多时候只会给一支，但似乎并不够。积攒两支后，护工阿姨要帮父亲进行一次“小手术”。你完全没有办法想象，一个人大便到了需要别人用手去抠的境地。而更出乎意料的是，这件事护工阿姨做得得心应手。当然，也许你会说，这不过是她的工作范畴，在其位司其职罢了，又不是没有支付薪水。可是，这全过程她所展现的耐心和细致，真不是拿了钱就能做得到的。我旁观了多次，也反胃了多次，但也钦敬了多次。

于是，在后来当我带着父亲回到老家时，同住的伯伯对于我能做到的这件小事，亦是另眼相看的。可我真的只是在那段时间里，眼观到太多，也学到太多。

第十一章

康复练习

经过一系列拔尿管、换金属管、拔胃管、再正式拆金属气管的过程后，老彭的状况一点点地好了起来，各项指标也基本稳定。

老彭第一次被拽出来走路，已经是出重症后的近一个月。这样的过程是很多年来从不曾设想过的。我们相互磨合，学着重新接受眼里的彼此。他已经不能在第一时间记起我是谁，更多的时候，我大概是个陌生人。而我，面对这个日趋像个孩子的老人，心里有酸楚，也有疼惜。这一切似乎来得太快，但潜意识里，又仿佛来得刚刚好。我们像两个陌生人一样朝夕相处着，挖掘着生活里可能存在的乐趣，也弥补着长久分离中曾经丧失的亲情。

那天吊完所有的药水，我们小心翼翼地扶着他从床上坐起来，帮他穿好鞋子再慢悠悠地支撑着站立，亦步亦趋地往

病房外走。两边胳膊被紧紧地搀住，生怕一个不留神就让他摔倒了。医院的走廊里布置着长长的两排扶手，是最适合锻炼走路的地方。就那样看着老彭笨拙地挪动着，可他看起来并不是很乐意，五米不到的路程就开始发脾气。事实上，因为久卧病床，父亲四肢明显的无力，甚至还没走出一个病房的距离，就已经吐起来了。

我们早已习惯这样的反应，这段时间吃饭都是边吃边吐熬过来的，所以早就随身备好了袋子，以防弄脏衣服和地板。吐了一番后，老彭的躁怒更加深，脾气大到甚至惊动了护士长。简单的试练只能先作罢。

第二天，我们商量后选择用轮椅将他带到了楼下大厅。冬日的午后，有暖暖的阳光透过玻璃窗洒进来，照在每一张病怏怏的脸上。一楼大厅算得上是医院的一道风景线的吧：住院部里腿打着石膏的、手包着绷带的、脸搀着纱布的，或者看起来完好无缺但表情痴呆的等等。每一张脸庞上都没有十足的生气，每一个家属都竭尽全力展现着十足的耐心，和伤心。

我大概是这群人里最引人注目的“异类”，因为笑得最大声。看着老彭懒洋洋的闭着眼睛吃着香蕉，我悄悄的把捣碎的药末夹在香蕉里趁机喂了下去。老彭会在尝到的一瞬间明显地皱眉，但不会深究，甚至眼睛都不屑于睁开一秒，又继续咀嚼。等到酸奶也喝掉了小半瓶，训练就得正式拉开序幕了。

毕竟除了偷偷在五楼的康复室里瞧了几眼，我并没有护理这类病人的经验，只能跟着旁边的护工大叔做相同的动作。从轮椅上站起来的老彭显然不知道接下来会发生什么，机械地被我们架着站到了墙边。站立、并腿，以我的膝盖抵直他的膝盖。这一连串动作下来，老彭似乎意识到了什么，嗓门瞬间加大："你要干什么？这样很痛！"我笑嘻嘻地看着他，只能充耳不闻。而一直在旁对我们保持关注的大叔，显然是被震惊到了，因为在老彭出重症前，我们就已经认识。他带着病人过来和我们打招呼，顺道教我一些小窍门。那时的我才知道，能在短短的一个月内站起来，而且第一次无支撑就能站得这么稳，这已经算是小奇迹了。

我们特贼地私下里结了盟，尝试着做一个更大胆的测试：让老彭推着大叔的病人独立行走！对常人而言，这或许不过是一举手间微不足道的小事；可对老彭而言，这几乎要调动他全身仅有的那点力气，还能直接检验他目前的四肢调配能力和稳定性。一百六十斤的病人，加上轮椅，将近两百斤的重量，我们并没有抱很大的希望。

当我们小心翼翼地将父亲双手搭在轮椅手柄上，保证他已经站好，再抽掉搀着他的双手——他竟然真的能直接